AF360669

ACADÉMIE FRANÇAISE.

DISCOURS

PRONONCÉS DANS LA SÉANCE PUBLIQUE

TENUE

PAR L'ACADÉMIE FRANÇAISE

POUR LA RÉCEPTION DE

M. TAINE

Le 15 janvier 1880.

PARIS

TYPOGRAPHIE DE FIRMIN-DIDOT ET Cⁱᵉ

IMPRIMEURS DE L'INSTITUT DE FRANCE, RUE JACOB, 56

M DCCC LXXX

ACADÉMIE FRANÇAISE.

M. Taine (Hippolyte-Adolphe), ayant été élu par l'Académie française à la place vacante par la mort de M. de Loménie, y est venu prendre séance le 15 janvier 1880, et a prononcé le discours qui suit :

Messieurs,

Vous m'avez donné à retracer la vie d'un homme qui a fait beaucoup de portraits historiques ; je n'ai qu'à suivre son exemple. Il aimait les détails précis, les textes authentiques, l'histoire vraie, et il avait raison : aujourd'hui la simple vérité suffira pour le louer.

M. Louis de Loménie était issu d'une famille noble et peu riche, établie depuis plusieurs siècles à Faye, près de Limoges. Selon l'ancien usage, les aînés restaient au logis et, de père en fils, se transmettaient le petit domaine ; les

cadets allaient au loin chercher fortune. Au commencement
du XVIIe siècle, l'un de ceux-ci, François de Loménie,
fut évêque de Marseille, et son neveu, qu'il avait emmené
avec lui, fit souche en Provence. Cinquante ans plus tôt, à
Paris, un autre, Martial, tué dans la Saint-Barthélemy, avait
fondé la maison des Loménie de Brienne. De cette branche
naquirent le cardinal de Loménie, premier ministre sous
Louis XVI, et son frère, le comte de Brienne, ministre de
la guerre, bienfaiteur de sa province, dont trente villages
vinrent demander la grâce à la Convention. Celui-ci, n'ayant
pas d'enfants, avait cherché des fils adoptifs dans sa famille
de Provence et dans sa famille du Limousin; la première
offrait trois jeunes gens presque élevés, militaires ou ma-
rins; ils furent choisis, et il leur en coûta cher, car ils
furent guillotinés tous les trois, le même jour que Madame
Élisabeth. — Dans la modeste maison du Limousin, on se
racontait ces tragédies et aussi ces grandeurs; on se sou-
venait volontiers d'avoir « cousiné » avec une famille his-
torique. Ce souvenir dura dans M. de Loménie, non pas
étalé ou même visible, mais enfoui, intime, et d'autant
plus efficace. Il y a là un trait de caractère, et je ne crains
pas de le marquer. Dans une âme vulgaire, un pareil sentiment n'eût fait que multiplier les prétentions et enfler
la vanité; chez M. de Loménie, il a trempé la volonté et
affiné la conscience. Un cœur noble se dit que noblesse
oblige; par suite il s'interdit beaucoup de complaisances
qu'un autre se croirait permises, et il se commande beaucoup d'efforts dont un autre se croirait dispensé.

Entre la qualité et la condition de la famille, le contraste
était grand. Rien de moins seigneurial que la vie d'un

gentilhomme campagnard au commencement de notre
siècle, surtout dans les provinces reculées, et le Limousin
était alors une des provinces les plus arriérées de la France.
M. de Loménie nous a décrit en témoin oculaire (1) ces
bourgades qui n'étaient guère que de grands villages :
des rues tortueuses, étroites, pavées de petits cailloux
pointus, entrecoupées de cloaques ; sur la voie publique,
des enfants déguenillés, pieds nus dans la boue argi-
leuse, des porcs indisciplinés qui cherchent leur pâture ;
toute la malpropreté et toute la monotonie des habitudes rurales ; nulle réunion sauf le jour du marché ; ce
jour-là, les paysans étalant avec orgueil leurs deux objets de luxe, une paire de souliers et un vaste parapluie
de cotonnade bleue ; sur la place, quatre ou cinq oisifs
qui vaguent d'un pas lent, des avocats en sabots et en
casquette, un vieux journal à la main ; de loin en loin,
pour toute diversion, un passage de troupes, apparition
grandiose qui appelle sur le pas des portes les hommes
en grands chapeaux et les femmes en bonnets plats. —
Quelques-uns de ces bourgs, anciens chefs-lieux de bail-
liage, avaient été de petites capitales rustiques, et conser-
vaient une aristocratie locale. A Saint-Yrieix, où naquit
M. de Loménie, au bout de la longue rue presque unique,
les vieilles familles s'étaient groupées sur une éminence,
autour d'un quinconce d'arbres : selon un mot significatif,
ils étaient les gens *du haut.* Mais leurs maisons, pour être
plus antiques, n'étaient guère plus ornées ni plus com-
modes. — Nous avons tous connu, dans notre enfance, des

______

(1) *Galerie des Contemporains,* tome VIII. biographie de Dupuytren.

intérieurs semblables : il y a soixante ans, dans la petite
noblesse, comme dans la bourgeoisie moyenne, les besoins
étaient bornés et la vie sobre. On ne s'inquiétait ni d'élégance ni de confortable ; on était dur aux intempéries ; on
n'avait point de curiosités ; on ne songeait pas à voyager ;
le corps, moins délicat, ne redoutait pas le malaise ; l'esprit, moins exigeant, n'éprouvait pas l'ennui. Une famille
entière vivait avec cent louis par an, quelquefois avec cinquante. On se contentait d'une servante unique, payée
trois francs par mois, en sabots, qui ne parlait que patois,
mais qui épousait les intérêts de ses maîtres et restait sous
leur toit jusqu'à sa mort. Il y avait un salon, dont les fauteuils avaient été rajeunis au moyen d'une vieille robe de
noces ; mais il ne s'ouvrait qu'aux jours d'apparat, et la
pièce la plus habitée était la cuisine. C'est là que l'on
mangeait, qu'on se tenait à l'ordinaire, et que tous les
soirs, sans s'apercevoir de la fumée, la dame, avec sa
servante, fabriquait ou entretenait tout le linge de la maison, à la lumière d'une seule chandelle que faisait vacil-
ler le vent de la porte. — Si simple que fût cette vie, le
père de M. de Loménie la trouvait encore trop apprêtée
et trop mondaine : il avait gardé les instincts militaires
et ruraux de sa race. « La noblesse campagnarde d'autre-
« fois, dit le marquis de Mirabeau, dormait sur de vieux
« fauteuils ou grabats, montait à cheval, allait à la chasse
« de grand matin, se rassemblait à la Saint-Hubert et ne
« se quittait qu'après l'octave de la Saint-Martin.... Elle
« menait une vie gaie et dure, volontairement, coûtait
« peu de chose à l'État et lui produisait plus par sa ré-
« sidence et son fumier que nous ne lui valons aujour-

« d'hui par notre goût, nos recherches et nos vapeurs. »
Tel était le vieux gentilhomme, énergique, indépendant,
porté par toutes les habitudes de son corps et de son
cœur vers les exercices, les rudesses et la liberté des
camps et des champs. Volontaire en 1792, il avait été
soldat pendant dix ans, puis, quittant le service, pendant
douze autres années, il avait lui-même exploité sa mé-
tairie. A présent, transplanté dans la ville par son mariage, il y était désœuvré, il s'y trouvait à l'étroit et cap-
tif, il devenait taciturne et sombre, et ne reprenait un
peu de gaieté qu'à cheval, avec son fils, en pleine campagne et au grand air.

II

Un monde, comme celui-ci, étroit et rustique, ne con-
venait guère à un jeune homme de goûts délicats; mais,
pour en sortir, il fallait faire acte de volonté. Ce sont de
pareils actes, répétés et soutenus dès la première adoles-
cence, qui décident des talents et des destinées. — Un oncle de M. de Loménie, officier dans la garde royale, obtint
pour lui une demi-bourse au collège d'Avignon. C'était
bien loin : la diligence mettait alors quatre jours et quatre
nuits à faire le voyage. Le déchirement est grand, lorsque,
pour la première fois, on quitte la maison maternelle; il
n'y en a peut-être point de plus pénible, et, pour cet enfant, il était pire que pour un autre, car il savait qu'il ne
reviendrait pas avant quatre ans. La cinquième année,
après les vacances, le matin du départ, sa douleur fut si

vive, que sa mère, toute ferme qu'elle fût, se troubla et
voulut le garder. Mais son application et ses succès lui
avaient valu, au lieu d'une demi-bourse, une bourse entière, et il était déjà homme, c'est-à-dire décidé à se suffire
et capable de se maîtriser. « Non, mère, dit-il, donnez-moi
mes habits, il faut que je m'en aille. » — Les études faites et
les grades obtenus, il restait à trouver une carrière. Nous
disons alors aux jeunes gens que le monde est tout grand
ouvert devant eux : la vérité est qu'ils doivent se l'ouvrir,
de leurs propres mains, avec effort. C'est le moment
critique : on est tenu de choisir une voie et pour toute la
vie ; mais comment choisir entre tant de voies, quand on
n'en a essayé aucune ? Ordinairement l'on prend au hasard
ou l'on se laisse pousser. Seule la vocation vraie est un guide
sûr ; encore a-t-elle besoin de temps pour se connaître et
de tâtonnements pour se diriger. — M. de Loménie passa
quatre ou cinq années, d'abord chez son père, puis à Orléans
chez son oncle, puis à Paris où il fit son droit. On aurait
voulu qu'il revînt avocat pour exercer dans sa petite ville ;
mais il avait connu par expérience les mœurs insipides ou
tracassières de la province, et cette routine, demi-conten-
tieuse, demi-végétative, lui faisait horreur. Avant tout, il
aimait l'indépendance et l'étude, et, dans sa chambre gar-
nie de la rue Saint-Jacques, il jouissait pleinement de ces
deux biens. « Paris, écrivait-il (1), est un séjour délicieux
« pour toute âme qui pense, pour toute âme qui comprend
« que boire, manger et dormir ne sont pas le seul but pour
« lequel la Providence nous a placés sur la terre... Son

____

(1) Lettres du 9 janvier et du 8 mai 1835.

« grand charme est dans cette facilité d'isolement, dans
« ce calme, ce recueillement qu'on peut y trouver au mi-
« lieu du tumulte... Une visite tous les quinze jours est
« plus que suffisante pour entretenir les relations... Il
« m'arrive quelquefois de rester toute la journée sans
« adresser la parole à un être humain, sauf quelque bon-
« jour ou bonsoir échangé en passant avec un camarade
« aussi affairé que moi. » — Il faisait de vastes lectures, il
achevait d'apprendre l'anglais et l'allemand, il traduisait
l'*Histoire du droit de succession* de Gans, il insérait dans un
journal son premier article sur Goëthe, il apercevait l'envers et les dessous de la vie littéraire, il découvrait combien
il est difficile d'être à la fois homme de lettres et indépendant. A aucun prix, il ne voulait écrire par ordre et dans
un sens donné : les complaisances répugnaient à sa fierté.
A aucun prix, il ne voulait se mettre en scène et attrouper
la foule autour de son nom ; l'éclat bruyant répugnait à sa
réserve. Ayant entrepris la *Galerie des contemporains illustres*, il décida que l'œuvre serait toute à lui et qu'elle serait anonyme. La première livraison parut en 1840 ; il
était son propre éditeur, et, avec une exagération un peu
ironique, il signait : *un homme de rien*.

L'entreprise était périlleuse : à vingt-quatre ans, in-
connu, sans amis, sans fortune, avec quelques centaines de
francs pour avances, composer et publier à ses frais dix
volumes, cent huit biographies, décrire clairement et
juger pertinemment des œuvres et des actions de toute
espèce, vies de militaires, de diplomates et de ministres,
de sculpteurs, de peintres et de musiciens, de chimistes,
de physiciens et de naturalistes, de poètes et de philo-

sophes, d'utopistes et de conquérants, en France, en
Angleterre, en Allemagne, en Russie, en Belgique, en
Italie, en Espagne, en Grèce et jusqu'en Orient, exposer
l'état des affaires, de l'art et de la science, en chaque pays
et à chaque époque, afin d'expliquer les actes du politique,
les créations de l'artiste et les découvertes du savant : pour
s'imposer et porter ce fardeau, il fallait, avec la témérité
qui ne messied pas à la jeunesse, une énergie et une per-
sévérance dont peu de jeunes gens et même d'hommes faits
sont capables. « On n'a pas idée d'une vie comme la mienne,
« écrivait M. de Loménie à sa mère (1). Votre fils ne quitte
« pas son éternelle robe de chambre et ses éternelles pan-
« toufles. Imaginez un homme qui passe sa journée à lire
« plusieurs livres pour en composer d'autres et qui fait ce
« métier, assis sur son fauteuil, la poitrine penchée sur son
« bureau, depuis le premier janvier jusqu'au 31 décembre.
« Voilà ma vie : je ne quitte pas mon cabinet une fois en
« quinze jours. Heureusement j'ai un petit jardin, grand
« comme la main, dans lequel je me promène; sans cela, je
« me dessécherais ainsi qu'une momie... Je n'entre plus
« dans un salon sans être assailli de reproches : que deve-
« nez-vous? que faites-vous donc? on ne vous voit plus. —
« Et je ne puis parvenir à faire croire aux gens du monde
« que ma vie se passe ainsi tout entière, de mon lit à mon
« bureau, et de mon bureau à mon lit. »

Il n'avait pas trop de tout ce temps pour écrire comme
il l'entendait. « Vous connaissez, disait-il (2), ma manière

---

(1) Lettres du 1ᵉʳ octobre 1842 et du 9 juillet 1844.
(2) Lettres du 9 juillet 1844 et du 15 août 1845.

« de travailler, vous m'avez vu passer des jours entiers
« sur une page dont je n'étais pas content. Eh bien, je
« suis toujours le même, et, tandis que je m'évertue à
« chercher le mieux, le temps s'écoule, la nécessité presse,
« et il faut toujours que je finisse par publier des choses
« dont je ne suis pas satisfait... Vous le dites bien : à quoi
« me sert-il de travailler comme un mercenaire pour join-
« dre péniblement les deux bouts à la fin de l'année? En ce
« temps-ci, on ne peut guère vivre de sa plume qu'à con-
« dition de produire beaucoup, vite et facilement... Je le
« sais : il faudrait écrire à l'heure, à la toise, sans s'in-
« quiéter de servir au public la vérité ou le mensonge,
« comme je vois faire à tant d'autres qui tiennent plus à
« l'argent de la foule qu'à l'estime des honnêtes gens.
« Quant à moi, je ne puis agir ainsi ; c'est en vain que la
« nécessité me talonne et que je pense aux mille besoins
« que je voudrais satisfaire pour vous encore plus que
« pour moi. Ma plume se refuse absolument à marcher
« plus vite, ma conscience me force à raturer sans cesse,
« et mon esprit s'épuise à la recherche d'un mieux qu'il
« n'atteint jamais. »

Une autre difficulté était l'embarras d'écrire sur des personnages vivants, tous considérables, tous accoutumés aux
hommages, chacun d'eux entouré de son parti, de sa cote-
rie, de ses amis encore plus exigeants et plus intolérants
que lui. — Aujourd'hui dans la démocratie, le talent nuit
parfois au caractère comme jadis le rang dans la monarchie,
et l'état de grand homme est aussi difficile à tenir que celui
de grand seigneur. Bien souvent, en devenant très célèbre,
un homme devient presque incapable d'écouter la vérité.

Il s'est enfermé dans sa gloire, comme une idole dans son
sanctuaire ; autour de lui, son petit groupe intime, ses
adorateurs quotidiens donnent le ton aux visiteurs ; on ne
l'aborde plus que le front baissé, avec des phrases conve-
nues ; toute parole sincère lui semble une inconvenance,
et, si par hasard il daigne la bien prendre, ses admirateurs, troublés dans leur culte, ne manqueront pas de
s'en offenser. — Comment faire pour ne pas offenser tant
de gens susceptibles? Comment faire pour marcher droit à
travers tant d'amours-propres ombrageux, de passions irri-
tables et d'intérêts froissés? — Sur ces charbons ardents
M. de Loménie marcha avec autant de sécurité que sur
des cendres éteintes. Au plus fort des haines sociales et
des combats politiques, il écrivit sur M. de Chateaubriand et sur M. de la Fayette, sur M. de Lamennais et
sur le Père Lacordaire, sur MM. Garnier-Pagès et
Carrel, sur MM. Molé, Thiers et Guizot, comme sur lord
Palmerston et sir Robert Peel, avec une liberté com-
plète, sans aucun souci de choquer ni de plaire, mais
avec cette mesure, cette décence de ton, cette urbanité
qui sont les compagnes naturelles de l'étude attentive,
du bon sens et de la bonne foi. — Cependant il résistait
aux sollicitations des partis, il refusait de s'enrôler sous
un drapeau, il ne se laissait lier par aucune attache, il se
confinait obstinément dans son travail, dans sa solitude et
dans sa pauvreté. « Il ne tiendrait qu'à moi, disait-il (1),
« d'être plus riche, je n'aurais qu'à faire de ma plume
« métier et marchandise, elle est maintenant assez goûtée

---

(1) Lettre du 18 septembre 1847.

« du public... mais le métier de saltimbanque n'est pas
« mon métier. Mes goûts sont simples, et je ne sens les in-
« convénients de la pauvreté que lorsqu'il faut me priver
« du plaisir de donner, qui est pour moi le plus grand de
« tous. » — Afin de mieux garder son franc parler, il avait
pris le parti, non seulement de ne rien demander, mais encore de n'accepter rien. En 1846, écrivant la biographie de
M. de Salvandy, ministre de l'instruction publique, il n'avait
pas ménagé les critiques ; les piqûres de tout genre, politiques et littéraires, y abondaient. M. de Salvandy, en galant
homme et en homme de cœur, voulut bien ne pas les
sentir ; au contraire, il vit dans M. de Loménie un talent
et un caractère, et, l'année suivante, il lui fit demander ce
qu'il désirait, ajoutant que « l'Université était prête à le
recevoir les bras ouverts. » « Je répondis, raconte M. de
« Loménie, que je ne voulais rien, mais que, puisque le
« ministre était si obligeant pour moi, je le priais de don-
« ner de l'avancement à un de mes anciens professeurs
« qui a vingt ans de services. Là-dessus, il m'a écrit une
« lettre des plus gracieuses pour me dire qu'il espérait que
« je lui fournirais une occasion de m'être agréable per-
« sonnellement. » — Entre un ministre et un écrivain, une
pareille correspondance est rare, surtout lorsque, comme
celle-ci, par la volonté de l'écrivain, elle n'aboutit pas.
« Je présume bien, disait encore M. de Loménie à sa
« mère, que vous allez me blâmer ; mais que voulez-vous ?
« Le peu de talent que j'ai tient à ma parfaite indépen-
« dance, et, le jour où je ne pourrais plus dire poliment la
« vérité à tout le monde, je perdrais la moitié de ma
« valeur. »

Dans cette longue galerie, tous les portraits ne sont point de mérite égal. Plusieurs, notamment ceux des militaires et des savants, ne sont que des réductions, et M. de Loménie lui-même en avertit ses lecteurs ; pour les sujets spéciaux, il allait puiser dans les auteurs spéciaux ; il abrégeait, arrangeait, adaptait à l'intelligence et à l'attention du lecteur les monographies techniques. — D'autres portraits, ceux des peintres, sculpteurs et musiciens, sont plutôt des esquisses ; l'auteur ne prétend point être critique d'art ; il est allé à l'Opéra et au Conservatoire, aux Expositions et au Musée, il se souvient de ses impressions, il parle d'art en homme du monde ; c'est peut-être la meilleure façon d'en parler aux gens du monde. — Au contraire, dans les vies de lettrés et surtout dans les vies de politiques, son opinion est à la fois personnelle et mûrie. On peut citer en exemple son portrait de la Fayette ; nous n'en avons pas de meilleur, et il n'y en avait pas de plus difficile à faire, car le personnage était devenu légendaire ; nulle part on ne l'a jugé avec moins de préventions et avec plus de droiture, avec une si exacte appréciation des circonstances, avec une impartialité si soutenue, avec un discernement si sûr ; aujourd'hui encore, l'article serait lu avec profit et par tout le monde. Quantité de grands morceaux, entre autres l'étude sur Fourier et Saint-Simon, sont aussi solides ; on s'instruit toujours avec un auteur qui a pris la peine de réfléchir et de s'informer. — D'ailleurs avec celui-ci l'on s'instruit agréablement. A travers les discussions et les exposés d'affaires, court une veine d'ironie mesurée et parfois gaie. Il a de la verve, la verve de la jeunesse : la plupart de ses débuts sont heureux ;

dès la première page, au moyen d'une anecdote, il met son personnage en scène. Souvent il l'a vu, et le décrit tel qu'il l'a vu, dans son intérieur, avec son costume, son geste, sa physionomie. Pour les amateurs d'histoire vraie, ces sortes de croquis ont un grand prix ; car ils saisissent au vol une minute fugitive d'une vie illustre, ce qui permet à l'imagination de reconstituer le reste. Avec M. de Loménie, on a le plaisir de visiter George Sand chez elle au fond de la Chaussée d'Antin, et Augustin Thierry chez lui dans sa retraite de Montmorency, d'observer la démarche de M. de Chateaubriand dans la rue et l'attitude de M. Thiers à la tribune, de suivre un de ces monologues « sans point ni virgule » par lesquels M. de Humboldt, « avec un sang-froid imperturbable, la tête penchée, les yeux en terre », prenait à lui seul la conversation pendant deux heures d'horloge et déversait le trop-plein de son puits sans fond. — Grâce à ces mérites divers, « l'homme de rien » devenait un écrivain considéré ; l'ouvrage, avant d'être achevé, se réimprimait à plusieurs reprises, et le public répétait tout haut le nom qu'on essayait en vain de lui cacher.

III

En même temps que sa réputation, il achevait de fonder ses opinions et ses sentiments. — Deux éducations successives s'appliquent sur l'homme, l'une qu'il reçoit de sa famille quand son esprit n'est pas encore ouvert, l'autre qu'il reçoit de la compagnie qu'il fréquente à l'âge

où son esprit s'ouvre : la seconde est presque aussi
puissante que la première. A vingt-quatre ans, le salon
où l'on va tous les huit jours est la dernière et suprême
école : on y forme son idée des hommes et de la vie, et
on la forme d'après les exemples qu'on y trouve encore
plus que d'après les discours qu'on y entend. — Recom-
mandé par son œuvre et présenté par M. de Chateaubriand,
M. de Loménie avait été accueilli de très bonne heure à
l'Abbaye-au-Bois, et il en devint bientôt l'un des hôtes
les plus intimes. Jusque-là, il avait vécu presque seul ; les
camaraderies ordinaires lui déplaisaient ; il y trouvait de
la rudesse et même du cynisme. D'ailleurs, à la société
des hommes, il préférait celle des femmes ; leurs impressions lui semblaient plus fines et plus neuves que les
nôtres ; il se serait senti moins à l'aise dans un cercle que
dans un salon. — Celui-ci était singulier, et, en vérité,
d'espèce unique ; on allait le chercher dans un quartier peu
élégant, fort loin du centre, et, ce qui est plus étrange,
dans un couvent. Pendant six ou sept années, les visiteurs
avaient dû monter au troisième étage, par un escalier
raide, pour s'asseoir à l'étroit dans un appartement petit, carrelé, mal distribué. A présent, transporté au premier étage, le logis, plus commode et plus large, n'était
guère plus somptueux. Un portrait de Mme de Staël par
Gérard, un portrait de Chateaubriand par Girodet, le
tableau de *Corinne au cap Misène,* une harpe, un piano
en faisaient les principaux ornements. — Aucun at-
trait vif, irritant ou sensible ; on n'y donnait point à
dîner, on n'y conspirait point, on n'y fondait point une
littérature nouvelle ; ce n'était pas un rendez-vous pour

des politiques de la même opinion, ni pour des lettrés de la même école. La maîtresse de la maison avait soixante ans passés; depuis quinze ans ses cheveux avaient blanchi; elle devenait aveugle. Mais, jusqu'à cinquante ans, elle avait été la plus belle personne du siècle ; sa grâce était encore la même, et sa pureté n'avait jamais été ternie par l'ombre d'un soupçon. Il y avait des douceurs pénétrantes dans sa bonté toujours prête, et la finesse de son tact n'avait d'égale que la fermeté de ses sentiments. Sous tous les régimes, elle avait servi les vaincus; sous aucun régime, elle n'avait flatté les vainqueurs. Elle avait été fidèle à ses amis jusqu'à se faire exiler par le premier Napoléon; plus tard, quand le prince qui devint Napoléon III fut prisonnier d'État, elle lui rendait visite à la Conciergerie. Maintenant, elle dépensait les dernières années de sa vie à consoler ou distraire M. de Chateaubriand attristé, malade et vieilli. De la plus haute opulence, elle était tombée dans la médiocrité étroite sans cesser de sourire, et, pour retenir ou attirer autour d'elle l'élite de la société polie, ce sourire suffisait; quand on l'avait vu une fois, on voulait le revoir toujours. L'humanité n'est pas toujours aussi égoïste ni aussi grossière qu'on le suppose; un instinct secret la porte vers les figures idéales; quand elle croit en apercevoir une, elle tombe à genoux. Le politique est alors tout surpris d'oublier son ambition, l'homme de lettres son amour-propre, l'homme d'affaires ses intérêts; l'abnégation ne lui coûte plus, il sent tressaillir en lui un poète et un chevalier, il est heureux de se dévouer, il a les sentiments de Dante et de Pétrarque. — Autour de Mme Récamier, ces sentiments étaient ordinaires ; M. de Loménie en a cité un exemple qui est touchant. Il y avait au ministère des finances un vieux chef de bureau, silencieux, brusque et parfois même un peu bourru ; parent de Mme Récamier, introduit dans le salon dès sa première jeunesse, il avait pour elle une sorte de culte ; afin de la quitter le moins possible, il s'était logé juste en face, rue de Sèvres ; quand il ne la voyait pas, il voyait du moins ses fenêtres. Pendant trente ans, le grand intérêt de sa vie fut de venir savoir chaque matin si elle était gaie ou triste, de faire des courses pour elle dans la journée, et de dîner à sa table le soir. Elle perdait la vue, et n'avait pas de lectrice ; il s'offrit, fut accepté. Les premières séances furent pénibles ; son accent était à la fois empâté et saccadé ; il lisait avec une telle volubilité qu'on le suivait très-difficilement. Cependant, pour ne pas lui faire de peine, Mme Récamier faisait mine de le comprendre, et persistait à l'écouter. Au bout de quelques semaines, on découvrit avec étonnement que son débit s'était ralenti, que ses vices de prononciation avaient disparu, qu'il lisait mieux, puis, qu'il lisait bien. Sans que personne l'eût averti, éclairé par son cœur encore plus que par son esprit, il avait reconnu son insuffisance ; le vieillard de soixante-dix ans s'était remis à l'école ; tous les jours, de grand matin, il allait en secret chez un professeur de lecture, puis, au retour, il s'exerçait chez lui pendant plusieurs heures ; c'est ainsi qu'à force de travail il avait vaincu la plus tenace des habitudes, un défaut physique et contracté par la pratique de toute une vie. — D'autres attachements, celui de

M. Ballanche, celui de M. Ampère, étaient aussi pro-
fonds. Dans un pareil monde, le désintéressement, la
délicatesse, la discrétion étaient de règle, et le ton des
entretiens correspondait à l'élévation des sentiments. On
y dédaignait l'argent, on n'y encensait pas la force, on
ne s'y courbait point devant le succès; le talent lui-même
n'avait que la seconde place; on réservait la première à
la noblesse du cœur, à l'intégrité du caractère, à la recti-
tude de la conduite. Peu importait la fortune, le rang,
la célébrité, la puissance; quel que fût le personnage, on
ne prisait en lui que la culture supérieure de l'intelligence
et de l'âme. — M. de Loménie trouvait là des goûts semblables aux siens, et s'y confirma dans ses préférences.
Son talent, encore un peu flottant, se fixa; son jugement
se mûrit; son style, déjà sérieux et réfléchi, atteignit, par
l'observation soutenue des plus exactes bienséances, la
gravité, la dignité, l'ampleur, et, du biographe vif et libre,
on vit se dégager le critique, le moraliste, l'historien que
nous connaissons.

IV

Ordinairement nous mettons des titres abstraits à nos
livres d'histoire : histoire de la littérature ou de l'art, histoire de la diplomatie, du droit public, de la philosophie,
histoire de la France au XVIIIe siècle. — Ce sont là des
abstractions, et il ne faut pas qu'elles nous cachent les choses. Qu'y a-t-il en France au XVIIIe siècle? Vingt millions
d'hommes, de femmes et d'enfants, vingt millions de vies.

vingt millions de fils qui s'entre-croisent et font une trame. Cette trame immense aux innombrables nœuds, nulle mémoire, nulle imagination n'est capable de se la représenter distinctement tout entière. D'ailleurs nous n'en avons plus que des débris, quelques lambeaux décolorés, quelques fragments épars. Et pourtant elle est le véritable objet de l'histoire : l'historien ne travaille que pour la recomposer : s'il renoue les morceaux des fils apparents, c'est pour y rattacher les myriades de fils disparus. Dans son esprit comme dans la nature, la première place appartient aux multitudes inconnues. Tant de créatures humaines qui ont vécu, qui ont peiné, qui sont mortes et n'ont laissé de trace après elles qu'un nom inscrit sur le registre d'une paroisse, qui étaient-elles ? Comment ramener un rayon de lumière sur cette foule que l'ombre a recouverte et qui semble être descendue pour toujours dans les profondeurs de l'oubli ? — Par bonheur, autrefois comme aujourd'hui, dans la société il y avait des groupes, et, dans chaque groupe, des hommes semblables entre eux, nés dans la même condition, formés par la même éducation, conduits par les mêmes intérêts, ayant les mêmes besoins, les mêmes goûts, les mêmes mœurs, la même culture et le même fond. Dès que l'on en voit un, on voit tous les autres : en toute science, nous étudions chaque classe d'objets sur des échantillons choisis.—Il ne s'agit donc que de retrouver des échantillons de l'homme et de la femme au XVIIIe siècle, et de les retrouver à tous les degrés de l'échelle sociale, c'est-à-dire de prendre les figures distinctes et principales, celles qui, par leur banalité ou leur relief, peuvent servir de moyenne ou de type : ici le prince du sang, le grand seigneur de cour, le prélat, le parlementaire, le financier et l'intendant; là le gentilhomme de campagne, le curé, l'employé, l'avocat et le marchand; plus loin le petit laboureur propriétaire, le métayer, l'artisan et enfin le gueux demi-mendiant, demi-bandit.—Trois ou quatre exemples suffiront pour reconstituer chacune de ces figures; mais il faut qu'ils soient copieux et minutieux; tous les détails, tous les accessoires, tous les alentours sont requis. Car la vie d'un homme ne se compose pas seulement des évènements notables que racontent les mémoires ordinaires : elle est la série continue de toutes les sensations, pensées, sentiments, actions grandes et petites, qui ont rempli ses journées depuis sa naissance jusqu'à sa mort. — Ici encore il nous faut trouver des échantillons : entrons dans l'intimité de notre personnage, cherchons l'emploi circonstancié de toutes les heures d'une de ses journées et de tous les jours d'une de ses semaines. En plusieurs cas, l'on y parvient; alors seulement on le connaît, et l'on est en état de répondre aux cinq ou six grandes questions qui se posent à son endroit et à l'endroit de sa classe. — D'abord qu'est-ce qu'il produit et qu'est-ce qu'il consomme? Pendant combien d'heures par jour, avec quelle intelligence et quelle application vaque-t-il à une œuvre utile ou inutile? Qu'est-ce qu'il mange et boit, comment est-il logé et vêtu, avec quel luxe ou quelles privations, et, en tout cas, avec quelle dépense? — En second lieu, quelle idée a-t-il de la famille et de la patrie? De quelle façon entend-il l'amour, le mariage, la paternité? Comment se figure-t-il l'État dans lequel il est compris, le gouvernement auquel il obéit, la hiérarchie sociale où il occupe une place? Quels sont les motifs et quelles sont les limites de sa confiance et de son dévouement, ou de sa résignation et de sa patience ? — Enfin quelle notion précise ou vague se fait-il du beau, du bien et du juste, de l'ordre et du principe du monde? Comment envisage-t-il la mort et qu'est-ce qu'il craint ou espère par-delà le tombeau ? — De ces sentiments principaux dérivent les autres : lorsque nous les avons constatés et définis, nous saisissons dans chaque groupe les volontés profondes qui poussent et dirigent les hommes ; nous prévoyons avec certitude la ligne générale de leur conduite ; par suite, nous comprenons la force et le sens du courant qui emporte la société tout entière. — Ainsi la monographie est le meilleur instrument de l'historien : il la plonge dans le passé comme une sonde et la retire chargée de spécimens authentiques et et complets. On connaît une époque après vingt ou trente de ces sondages : il n'y a qu'à les bien faire et à les bien interpréter.

V

Deux opérations de ce genre ont été entreprises par M. de Loménie, l'une, sur Beaumarchais, qu'il a conduite au terme, l'autre, sur les Mirabeau, qui, après vingt ans de travail, interrompue par la mort, reste suspendue au milieu de son cours. On ne vient à bout de pareilles tâches que par un effort très grand et très prolongé. La seule correspondance du bailli et du marquis de Mirabeau comprend quatre mille lettres, cha-

cune de dix ou douze pages in-folio ; à n'y prendre
que les passages qui traitent de choses générales, on
en ferait plus de trente volumes. Ajoutez aux lettres intimes les imprimés de toute dimension et de toute espèce, non seulement les œuvres littéraires, économiques
et politiques, mais encore les papiers d'affaires, projets,
comptes, mémoires à l'appui, requêtes, factums et autres
documents judiciaires. Beaumarchais, Mirabeau, le père
de Mirabeau, ont plaidé pendant des années. Si l'historien
veut distribuer équitablement l'éloge et le blâme, s'il est
décidé à juger en conscience, il faut que, de ses propres
mains, il dépouille tout le dossier, enquêtes et contre-
enquêtes, répliques et dupliques, avec la compétence d'un
homme de loi, avec l'exactitude d'un comptable, avec les
scrupules d'un arbitre. M. de Loménie avait ces scrupules.
Il a instruit à nouveau les quatre grands procès de Beaumarchais ; il a suivi dans le détail tous ceux des Mirabeau,
les vicissitudes et les complications de leur guerre domestique, l'interminable duel du mari et de la femme, le conflit
toujours renaissant du fils et du père ; pièces en mains, il
fait l'office de rapporteur, et la solidité de ses preuves
n'est égalée que par l'impartialité de ses conclusions. —
Souvent, dans nos tribunaux, quand il s'agit de prononcer
sur un litige technique, nous voyons des magistrats intè-
gres différer leur arrêt, feuilleter des livres spéciaux,
approfondir une question de théologie ou de chimie. Pa-
reillement, avant d'apprécier une action ou un écrit, M. de
Loménie se croyait astreint à de longues recherches colla-
térales. Pendant plusieurs mois, il abandonnait sa narra-
tion, il s'enfermait avec les feudistes ou les économistes,

il étudiait le droit féodal, la tenure de la propriété, l'état des justices, la théorie des physiocrates, les plans de Turgot; puis, comme toute question en suggère une autre, il passait de Quesnay à Bentham, de la morale physiocratique à la morale spiritualiste, de la vieille France à la France moderne. Sa curiosité se confondait avec sa probité. Quand on explore un pays nouveau, il est si naturel de regarder autour de soi ! Il faut apprendre tant de choses, pour savoir passablement quelque chose ! Ses recherches s'étendaient à l'infini, il s'oubliait, et, dans son dernier ouvrage, il avait parfois de la peine à se reprendre. — Mais, en chemin, il faisait des trouvailles. En mainte occasion, ses documents, ses exposés sont justement ceux que nous demandions tout à l'heure ; car ils jettent une vive lumière sur la situation, les mœurs et les sentiments de toute une classe. — Telle est sa description de la famille Caron, si lettrée, si vive et pourtant si disciplinée : au milieu du XVIIIe siècle, dans la bourgeoisie, l'autorité paternelle demeurait intacte ; cela faisait dans chaque maison un petit gouvernement naturel dont nous n'avons plus l'idée, car il était à la fois obéi et respecté. — Telle est sa peinture de l'ordre de Malte : l'institut chevaleresque et monastique, dégénérant faute d'emploi, était devenu un club d'oisifs mondains et gourmets; pendant ses deux ans d'office, le général des galères était tenu de dépenser 140,000 francs en représentation, galas, bombance et table ouverte : tant de futailles de tels vins, tant de dames-jeannes de telles liqueurs; les noms, qualités et quantités de tous les breuvages dont il devait arroser le gosier de ses convives étaient spécifiés d'avance et tout au long. — Il n'y a qu'à ramasser des phrases dans la correspondance et les ouvrages du marquis de Mirabeau pour apercevoir en raccourci les grandes plaies de l'ancien régime, le misérable état de l'agriculture, la souffrance, les jeûnes, l'accablement et la fureur sourde du paysan, l'inégalité, l'énormité, les persécutions de l'impôt royal, ecclésiastique et seigneurial, qui lui arrache quatre-vingts francs sur cent de revenu net. — Et, d'autre part, un paquet de lettres nous montre le budget d'une famille aisée au sortir de la Terreur, un moulin à farine dans le salon, le dîner servi sur une table d'acajou sans nappe, pour menu deux pommes de terre et une assiette de haricots, la livre de viande à 28 francs, la livre de pain à 45 francs, la voie de bois à 1,400 francs : « cette lettre que j'écris, dit le correspondant, coûte « au moins 100 francs, y compris le papier, la plume, « l'encre et l'huile de la lampe. » — Dans ce vaste ensemble, les citations font corps avec le récit, les petits faits s'encadrent bien dans les réflexions générales ; les grandes masses de l'œuvre se relient et s'équilibrent. A cet égard, la biographie de Beaumarchais, la seule que l'auteur ait pu achever, me semble son chef-d'œuvre. L'ordonnance en est irréprochable, et il n'y a rien de plus varié. Affaires d'argent, de galanterie, de cœur et de famille, voyages en Espagne, en Angleterre, en Allemagne, intrigues et duels, procès et pamphlets, tableaux de la vie privée et de la vie publique, exposés politiques, examens critiques, curiosités littéraires, on y trouve de tout, et sans longueurs ni lacunes, Incessamment Beaumarchais y prend la parole ; on l'entend, on le

voit avec tout son cortège, père, sœurs, fille, amis, enne-
mis, contemporains de toute qualité et de tout emploi.
Désormais, quiconque voudra le connaître, devra recou-
rir à M. de Loménie; aux célèbres *Mémoires,* au *Mariage
de Figaro,* son livre reste attaché comme un commentaire
indispensable. Je dirais presque que ce commentaire est
définitif; et certainement l'auteur n'aurait rien laissé à
faire aux autres critiques, si, par discrétion, gravité, rete-
nue, il n'avait pas atténué quelques traits de son personnage. Il a laissé un peu dans l'ombre le faiseur et le charla-
tan, le gamin et le polisson. Là-dessus un grand connaisseur
de la créature humaine, Sainte-Beuve, a dit avec sa perspi-
cacité ordinaire : « Chez Beaumarchais, il y aura toujours
« un cabinet secret où le public n'entrera pas. Au fond, il
« a pour dieux Plutus et « un autre dieu, » ce dernier
« tenant une grande place jusqu'à son dernier jour. » —
Ce n'est point ici l'endroit pour étaler de pareilles tares.
Notons seulement qu'avec beaucoup de talent, d'esprit,
de courage et de bonté, chez cet homme si adroit et si
brillant, si actif et si libéral, et si gai, il y eut toujours trop
de Chérubin et trop de Figaro.

VI

Il y a mieux, mais il y a pis chez Mirabeau; M. de
Loménie, écrivant ses deux biographies, ressemble à une
honnête femme qui raconterait la vie de deux grandes
coquettes. L'histoire lui devait un dédommagement et
le lui donna en amenant sous ses yeux un modèle de

droiture, de magnanimité et d'abnégation, un de ces
hommes qui font honneur à l'homme, Jean-Antoine, chevalier de Mirabeau, bailli de Malte. Il était bien de sa
race, race féconde et terrible, en qui le cœur, l'esprit,
l'imagination, la passion, la volonté, tous les ingrédients
de la nature humaine étaient trop forts, où la précocité et
l'excès étaient de règle, où tout d'abord le pêle-mêle des
instincts animaux et des facultés supérieures éclatait en
foudres parmi des fumées et des éclairs. Engagé à douze
ans et demi dans la marine, « pendant les trois ou quatre
« années qui suivirent, il ne passa pas, dit son frère, huit
« jours de l'année hors de la prison, et, sitôt qu'il voyait le
« jour, courait se perdre d'eau-de-vie et, de là, tomber
« sur le corps de tout ce qu'il trouvait sur son chemin,
« jusqu'à ce qu'on l'abattît et le portât en prison. Mais
« avec cela il avait de l'honneur à l'excès, et ses chefs, gens
« expérimentés, promettaient toujours à ma mère qu'il
« serait un jour excellent. Cependant personne ne pouvait
« l'arrêter, et *il s'arrêta tout à coup de lui-même.* » La raison lui était venue, et plus forte que le tempérament; il
s'était donné une consigne, et désormais n'en dévia plus
jusqu'au dernier jour, à travers les plus grands sacrifices
d'argent, d'ambition et de cœur, toujours dévoué et toujours inflexible, ne trouvant à cela « d'autre mérite que
« celui qu'il avait eu bien des fois en faisant son quart ou
« en montant sa garde. » De la Guadeloupe, où il était
gouverneur, il écrivait à son frère le marquis : « La menace
« de manquer ma fortune est la plus petite qu'on puisse
« me faire. Je dois à Dieu et à mon nom d'être le plus hon-
« nête homme que je pourrai. Je dois à l'État mes sueurs,

« ma peine, mon sang, ma vie, pourvu qu'on ne me vexe
« pas dans mon honneur. J'ai trente-sept ans, dont j'ai
« servi vingt-cinq, et j'ai au moins vingt campagnes.
« Je pense avoir acquitté, autant que cela m'a été per-
« mis, ma dette envers l'État. Félicite-moi, cher frère,
« de ce qu'en butte ici à un amas de fripons ils n'osent
« m'accuser que d'avoir une mine trop froide ; je ne me
« refondrai pas pour eux. Quant au reproche d'être
« tranchant, je ne m'en effraye pas ; les hommes tran-
« chants sont à l'État comme le couteau courbe est au
« membre gangrené..... Compte que l'homme en place
« dans un pays comme celui-ci fait bien du mal quand il
« ne sait pas se vaincre sur l'indulgence, et en évite fu-
« rieusement par une apparente sévérité. — A l'égard
« de la Cour, je ne lui mâche pas ses vérités, je lui dis
« même ses propres fautes. Il m'importe peu de faire for-
« tune, il m'importe peu d'être caressé, mais il m'importe
« beaucoup d'avoir dit vrai, d'avoir rempli ma tâche,
« d'avoir dévoilé l'iniquité, d'avoir combattu le vice, étant
« en place... L'on ne peut dire que j'ai des maîtresses qui
« me mènent : ma maison est comme une église ; on n'y
« voit entrer que des gens qui demandent et des officiers :
« je ne donne jamais audience aux femmes qu'en un lieu
« où, de la rue, les passants peuvent me voir sans m'en-
« tendre... Les pauvres savent que justice leur sera ren-
« due sans acception de personnes, que ma porte leur est
« ouverte à toute heure,... que pas un de mes gens ne
« serait assez osé pour empêcher le plus petit et le plus
« pauvre nègre de venir me conter ses raisons... On sait
« aussi que je ne veux pas de présents ni de bien mal

« acquis, que je suis un vrai Melchisédech qui ne boit ni
« ne joue, ni ne représente... et qui juge plus de procès
« qu'une sénéchaussée. Les affaires m'excèdent, j'en ai
« déjà été malade une fois, et je ne sais si je ne le serai
« pas encore. — Cependant il m'arrive de temps en temps
« quelque petite consolation : j'ai eu hier celle de sauver
« la vie à un homme, j'ai été assez heureux pour que ce
« misérable, condamné tout d'une voix à la mort, fût sauvé
« sur mon plaidoyer. Dieu me fit l'insigne faveur de re-
« marquer une erreur dans les jours et les dates, erreur
« dont personne ne s'était aperçu. Si tu avais été juge, tu
« sentirais cette satisfaction qui peut-être ne te paraîtra
« pas grand' chose et qui est un des plus sensibles plaisirs
« que j'aie connus. » — Avec cette façon de prendre la vie,
on est bien à l'aise à l'endroit des ministres, des commis et
des maîtresses ; on n'a pas besoin de leur faveur, on dé-
daigne de leur complaire. « Je sais manger des fèves,
« écrit-il encore, mais jamais adorer le vice et l'encenser. »
Par-dessus les devoirs ordinaires, il s'en imposait d'autres plus étroits. La famille féodale, si l'on remonte à l'insti-
tution primitive, est une compagnie militaire où les grades
sont distribués d'avance, où le cadet doit à l'aîné l'obéis-
sance d'un bon lieutenant, où l'aîné doit au cadet la pro-
tection d'un bon capitaine, où le cadet et l'aîné subordon-
nent chacun son intérêt propre à l'intérêt de la maison.
C'est ainsi que les deux frères avaient compris leur office,
et il est touchant de voir la façon dont le bailli remplit le
sien : « Je me suis fait d'enfance, dit-il, à la douce idée que
« tu devais avoir tout ce qu'il ne me faut pas absolument
« pour vivre, parce que tu es le chef de la race, parce que

« tu es chargé de tout et qu'il est de mon devoir de con-
« tribuer et non de m'approprier... Je ne suis rien par
« moi-même, tu es le chef de famille, tu as une postérité,
« tu es existant, je ne tiens qu'à toi et par toi et les tiens :
« en un mot, je ne suis pour moi-même que la chemise, tu
« es la peau. » — Ses intérêts privés ou publics, son bien,
son revenu, son avancement, son mariage, son engage-
ment religieux, il remet tout à la direction et à la discrétion de son frère. Il renonce à une femme digne de lui et
il refuse d'être grand-maître de Malte, je ne dis pas sur
un mot, mais sur un silence. Spectacle étrange que celui
de ce vieil homme de guerre, haut de six pieds, tout blanc,
d'aspect aussi majestueux que redoutable, avec son esprit
si perçant, si judicieux et si frondeur, qui ne se fait pas
illusion, qui voit les fautes de son frère, qui les répare,
qui paye ses dettes, qui le nourrit et jusqu'au bout continue à prendre ses ordres, sans se départir un instant de
sa déférence aînée et de sa soumission de cœur ! — Résignation et renoncement, voilà sa réponse finale à l'énigme
du monde. « Jean-Antoine qui a jugé sur les fleurs de lys,
« qui a gouverné, obéi, commandé, fait la guerre par terre
« et par mer, été chef d'un Sénat, membre d'un autre...
« Jean-Antoine a rêvé les deux tiers du songe de la vie :
« excepté la messe qu'il n'a pas dite encore, il a fait de
« tout, et vu, comme feu Salomon, que tout est vanité et
« tourment d'esprit. » — Tout est vanité, même la conti-
nuation de cette famille pour laquelle il a tant fait. « No-
« tre race a eu son temps ; elle finit, et qu'importe?...
« Qu'est-ce que perdre un nom, et qu'est-ce qu'un nom
« à présent? Vois, pour te guérir du tien, l'ignoble équi-

« libre établi, en attendant la culbute générale et pro-
« chaine et l'éruption du volcan qui nous soulagera de
« trente couches d'alluvions pétrifiées ; il s'est établi, cet
« équilibre, et il doit être maintenu en Europe par les
« écritoires qui ont à leurs ordres la poudre à canon,
« l'imprimerie, l'irréligion et partant la sédition. Non, les
« nations ne reviendront plus à des mœurs fortes... Je te
« demande si dès lors la noblesse a un beau rôle à jouer,
« s'il est gracieux d'avoir des enfants pour les voir bafouer,
« s'ils sont bons sujets, et réduits à ne rien être, sinon
« valets de cour... C'est bien la peine de continuer une
« race pour cela ou pour se trouver dans une Révolution
« que la dissolution entière de tous les ressorts amènera
« nécessairement ! » — Parfois la haute vertu donne de
vives lumières ; dernier survivant de l'ancien ordre féodal,
c'est parce qu'il en représentait l'excellence qu'il en pré-
voyait l'écroulement.

Vous avez remarqué, Messieurs, son style aussi ori-
ginal que son caractère ; celui du marquis de Mirabeau
est pareil, encore plus familier, plus coloré, plus tranchant,
plus osé, en dehors de la règle et de toute règle, « un
« style, dit-il lui-même, fait en écailles d'huître, si sur-
« chargé de différentes couches d'idées qu'il aurait besoin
« d'une ponctuation faite exprès pour le débrouiller, en
« supposant qu'il en vaille la peine... moitié figures et
« métaphores, farci de proverbes, de marotismes et de
« mots forgés, sorte de jargon rustique », inégal, âpre,
dru, plein de sève, qui, comme un fourré de fleurs et
de broussailles, sort tout d'un coup « d'un cœur chaud,
« riche et germinant » : partout des éclairs et des éclats

d'imagination, des saillies et des trouvailles de génie, la vue directe des choses si répugnantes qu'elles soient, le sursaut imprévu de l'impression vraie, une brusquerie et un cynisme grandioses qui lèvent impétueusement tous les voiles; avec cela de la gaieté, de la bonhomie, une verve gaillarde et salée qui n'ôte rien à la dignité foncière, un badinage d'humoriste et de grand seigneur; par-dessus tout, l'intrépidité d'un esprit à qui sa pensée est personnelle, en qui la pensée crée la parole, qui invente sa forme littéraire comme sa conduite civile, qui, « cuirassé de ses cicatrices », marche seul, de tout son poids, à travers son siècle, et pour qui les cris, les réclamations, les admonestations qu'il soulève sur son passage « sont, dit-il encore, comme des leçons de serinette à un éléphant ». Le contraste est frappant, si l'on observe autour de lui l'empire établi des convenances, la diction correcte et régulière, les images rares et banales, les tours, les transitions et les constructions qui semblent sortir du même moule, le vernis uniforme d'élégance obligatoire et apprise. Un pareil esprit appartient à un autre monde et à un autre âge; à travers Saint-Simon, il rejoint Montaigne. En effet les deux frères sont du XVIe siècle. — Préservée par l'isolement provincial et par la vie militaire, la race est demeurée intacte; le rouleau de la centralisation et des bienséances n'a pas passé sur elle pour l'aplanir; elle a gardé toute la richesse originale, toutes les énergies primitives de la nature humaine et française. On voit ici des contemporains de Monluc, de Coligny, de d'Aubigné, de Sully, de Henri IV, des hommes grands, droits, forts, fiers, braves, qui se tiennent debout, envers et contre tous, dans toute l'ampleur de leur taille, avec toute la franchise de leur physionomie et de leurs gestes. L'espèce a été détruite par Richelieu et Louis XIV; à ce prix, le grand ministre et le grand roi ont fait leur œuvre, et on peut louer l'œuvre; mais il faut savoir ce qu'elle nous a coûté.

VII

Des réflexions de ce genre occupaient souvent M. de Loménie; il s'en entretenait avec M. Ampère, M. de Tocqueville et M. Guizot. Les vues d'ensemble sont l'objet naturel des esprits élevés; elles sont aussi la récompense véritable de l'historien. Cette récompense suffisait à M. de Loménie: il savait que ses ouvrages s'adressaient à un public restreint; mais il aimait mieux la considération que la gloire, et la popularité bruyante ne l'avait jamais tenté. — Plusieurs fois l'occasion avait frappé à sa porte pour l'appeler sur le grand théâtre où l'on ne manque jamais d'obtenir au moins les applaudissements d'un parti. En 1848, dans le désarroi universel, quand chacun, bon gré, mal gré, se trouvait lancé dans la vie militante, il était devenu directeur d'un journal: la politique quotidienne l'intéressait, il la traitait avec talent; ses opinions étaient faites : il ne tenait qu'à lui de rester en scène et en vue, avec tous les avantages d'un rôle public. Il aima mieux rentrer chez lui, dans le domaine supérieur que n'atteignent point les agitations du jour, parmi les morts illustres et les beaux livres. Déjà écrivain, il devint en outre

professeur et, jusqu'à la fin, il ne vécut que de son travail. La littérature, qui est une compagne aimable, est
une mauvaise nourrice, et M. de Loménie était trop con-
sciencieux pour avoir la facilité banale de l'improvisateur.
Quel que fût son sujet, il l'étudiait jusqu'à s'épuiser; le
matin de chaque leçon il avait la fièvre et il faisait ainsi
près de cent leçons par an. — Pendant treize ans à l'École
polytechnique, pendant dix ans au Collège de France, il
resta simple suppléant. Devenu titulaire, après quelques
années d'un enseignement double, sa santé fléchit et il fut
obligé de déposer la moitié de son fardeau. Dans les inter-
valles, il composait des articles étudiés et approfondis;
il défendait contre les critiques Chateaubriand aussi dé-
précié après sa mort qu'il avait été adulé pendant sa
vie; il louait le talent précoce, la générosité native, le
repentir tardif de Barnave; il peignait la noble et sévère
intelligence, le labeur opiniâtre, la vie pure, l'heureux
intérieur de M. de Tocqueville. Vous l'aviez admis parmi
vous, Messieurs: c'est le plus grand honneur que puisse
obtenir un homme de lettres; quand il l'a reçu, il est
obligé à de nouveaux efforts. Je le sens, et là-dessus
l'exemple de M. de Loménie suffirait pour m'instruire.
A travers tant d'occupations, il revenait toujours à ses
Mirabeau. Il recherchait curieusement, en Italie et en
France, les origines de la famille; il suivait, de génération en génération, l'empreinte héréditaire de la race;
il montrait dans vingt figures distinctes la persistance,
les variétés, les déviations, les mixtures du caractère
primordial; il publiait cette lettre intime et terrible où,
pour la première fois, la mère de Mirabeau est produite

au jour. Déjà il faisait entrevoir de loin Mirabeau lui-
même ; des épisodes choisis servaient au peintre de prépa-
rations et d'esquisses, et, dans son cabinet d'étude, le
grand portrait, très avancé, n'attendait plus que les dernières touches. — La mort s'est jetée à la traverse ; dans
toutes nos entreprises, c'est elle qui est maîtresse de l'is-
sue ; nous n'avons en propre que notre volonté de bien
faire, et nous devons nous estimer heureux quand nous
avons pu achever la moitié d'une œuvre utile ; alors
l'œuvre dure et, avec elle, le souvenir de l'ouvrier. C'est
le lot de M. de Loménie ; si l'on essayait de résumer son
talent et sa vie avec l'exactitude qu'il pratiquait lui-même,
on dirait en deux mots qui semblent faibles et qui sont
forts : il a été honnête homme et bon historien.

RÉPONSE

M. J.-B. DUMAS

DIRECTEUR DE L'ACADÉMIE FRANÇAISE.

AU DISCOURS

DE M. TAINE

Prononcé dans la séance du 15 janvier 1880.

Monsieur,

Une étrange rencontre impose aujourd'hui à l'un des secrétaires perpétuels de l'Académie des sciences le devoir hospitalier de vous ouvrir les portes de l'Académie française. Combien parmi nos confrères eussent été plus dignes de cet honneur et mieux préparés à louer les rares mérites qui vous désignaient depuis longtemps à leur choix, vous, l'un des maîtres de notre littérature! Les sujets familiers à leurs études : philosophie, histoire,

langues anciennes ou modernes, critique, voyages, beaux-
arts, n'ont-ils pas successivement occupé votre esprit en-
cyclopédique? Comme si vous aviez voulu laisser une trace
de vos pas dans les diverses régions où se plaît l'intelligence humaine, étendant encore votre horizon, vous n'en
avez même pas exclu celles qui appartiennent au pays de
la science; vous les avez parcourues avec curiosité, vous
assimilant les symboles, considérés comme du domaine
réservé des savants.

Vous n'étiez pas dirigé, je le reconnais, vers ce culte
des sciences, par une vocation particulière; vous n'aviez
qu'un seul but. Voyant l'étude de la nature s'élever vers
des formules chaque jour plus générales, vous aviez pensé
qu'elle possédait un instrument universel applicable à la
recherche de toutes les vérités, et c'est ainsi que la mé-
thode scientifique, marquant de son empreinte la plupart
de vos conceptions, en a déterminé les lignes magistrales;
on dirait que vous aviez voulu d'avance motiver mon rôle
dans cette séance, prouver que le hasard peut se montrer
intelligent, et justifier son choix.

Vous n'avez jamais oublié cependant que, s'il appartient à la science qui procède de la raison de révéler les
merveilles de la nature inanimée, il faut réserver à la
poésie et à l'éloquence, qui émanent du cœur, le privilège
de descendre dans les profondeurs de l'âme humaine,
d'en faire partager les douces émotions, de peindre les
passions qui la troublent; d'en vouer les bassesses au
mépris et les crimes à l'indignation.

Ce qui éclate dans toutes vos productions, à côté de vos
sympathies pour les talents élevés et de votre respect pour

la dignité humaine, c'est un savoir immense, un travail
que rien ne décourage; une langue offrant tour à tour
la chaleur de l'émotion, la clarté du bon sens, la libre
allure de l'improvisation, la précision du géomètre et le
trait du critique. Ces belles et grandes qualités littéraires et morales, réunion de la mémoire ornée de l'érudit,
de la sagacité du philosophe et même de l'agrément du
bel esprit, assurent un long avenir à vos œuvres. Né près
de vastes forêts, vous avez conservé une indépendance
de doctrine qui rappelle les procédés robustes d'un bû-
cheron des Ardennes, pénétrant, la hache à la main, à
travers tous les fourrés, écrasant du pied ronces et broussailles, abattant ici le chêne trapu à la vaste ramure,
ailleurs le sapin élancé à la flèche aiguë et cherchant
à frayer de toutes parts des routes larges, droites et
claires.

Dès vos débuts, Monsieur, votre première production
faisait évènement. Une dissertation en règle devant l'aréo-
page de la Faculté des lettres, sur les fables de la Fontaine! Que dire de neuf sur un sujet si rebattu? Le texte
n'était-il pas dans la mémoire de tous? La vie du philosophe aimable, du poète sans égal, avait-elle gardé quelque
secret qu'il vous fût réservé de révéler? Vous l'aviez pensé,
et dans cet ouvrage apparaissent, en effet, pour la première
fois, la doctrine et le plan auxquels vous avez subordonné
presque tous vos écrits. Votre thèse se distingue ainsi
de la monographie pleine d'intérêt que Walckenaër avait
consacrée à la vie du grand fabuliste et de l'analyse déli-
cate que M. Nisard avait donnée de ses immortelles

fables, qu'il place, comme vous, au premier rang de l'œuvre poétique de la France.

Vous considérez la Fontaine comme le produit naturel et condensé de son pays, de sa race et de son époque. Pour justifier cette définition, vous décrivez avec un grand charme cette Champagne, sa patrie, où les montagnes sont collines et les bois bosquets, où de minces rivières serpentent entre des bouquets d'aune avec de gracieux sourires ; contrée calme et tempérée où le soleil n'est pas terrible comme au Midi, ni la neige durable comme au Nord ; où l'on se laisse vivre sans effort, « mangeant son bien avec son revenu et s'en allant comme l'on est venu. » L'homme, dites-vous, n'y est ni alourdi ni exalté, mais d'un esprit leste, juste, avisé, prompt à l'ironie. Pour produire un la Fontaine, ajoutez-vous enfin, il fallait la finesse, la sobriété, la gaieté, la malice, l'art et l'élégance du XVIIe siècle. Voilà votre système : le pays, la race, le moment, et la condensation de l'ensemble de leurs caractères dans un type choisi.

Si l'on ne se sent pas préparé à vous accorder qu'il ait suffi, pour produire un la Fontaine, de transplanter un Champenois d'élite près de Versailles au temps de Louis XIV, comme on est prêt à vous applaudir lorsque, après avoir classé méthodiquement son œuvre, soin auquel le bonhomme n'avait pas songé, vous vous écriez : « La Fontaine est notre Homère ! Hommes, dieux, animaux, paysages, la nature éternelle et la société du temps, tout est dans son petit livre. Les paysans s'y trouvent, et à côté d'eux les rois ; les villageoises auprès des grandes dames, chacun dans sa condition, avec ses sentiments et son

langage. Les personnages y sont généraux : le roi, le
pauvre, l'ambitieux, l'avare, l'amoureux ; les évènements
y sont grands : la mort, la captivité, la ruine. Nulle part
on n'y tombe dans la platitude du roman réaliste et bour-
geois. Nos enfants apprennent la Fontaine par cœur,
comme ceux d'Athènes récitaient Homère. On rencontre
rarement en France un grand écrivain qui soit populaire :
ceux qui sont populaires ne sont point grands et ceux qui
sont grands ne sont pas populaires ; la Fontaine seul est
à la fois populaire et grand. » Toutes ces pensées sont
justes, bien senties, sainement exprimées ; voilà déjà du
vrai Taine.

On est moins convaincu, Monsieur, lorsque vous ajoutez en conclusion de cette remarquable étude : « L'homme
est un animal d'espèce supérieure qui produit des philosophies et des poèmes, à peu près comme les vers à soie
font leurs cocons et comme les abeilles font leur ruche. »

A peu près! Mais chaque ver ne produit-il pas sa soie
et chaque abeille son miel, esclaves nés d'un travail uniforme et chargés de fournir l'un et l'autre un produit toujours identique, dont les siècles n'ont changé ni la nature
ni même la quantité? N'abusons pas de la zoologie ; elle
nous mènerait loin! Ne persuadons pas au premier venu,
— il serait assez brute pour nous prendre au mot, — que.
s'il n'est ni un Platon ni un Homère, c'est qu'il ne l'a pas
voulu, ayant été créé tout comme eux, pour produire des
philosophies et des poèmes. Ne désapprenons pas au vulgaire le respect ; quand il s'en va, hélas! tout s'en va.
Montrons-lui au contraire toute la distance qui sépare le
commun des hommes des élus de l'humanité ; car il ne

faut pas se lasser de le répéter, l'humanité a ses élus
que la vertu, l'esprit de sacrifice, la bonté, le courage, le
génie, le travail signalent pour lui servir d'exemple ou
pour marcher à sa tête. Ah! si l'on se contentait de dire
que chacun de nous possède à un degré parfois confus,
quelquefois sublime, la notion de l'infini et le sentiment
de l'idéal, on serait d'accord; mais les mots philosophies
et poèmes, précisant des faits accomplis, vont plus loin
et peuvent tromper. Si, du temps de Platon et d'Homère,
le *Phédon* et l'*Iliade* étaient cachés dans chaque cerveau,
pour les en tirer, il fallait quelque chose encore que peu
de têtes grecques ont possédé; il fallait être Homère ou
Platon.

Ne persuadons pas non plus à l'homme, prédestiné par
son intelligence à s'élever d'âge en âge, qu'il ressemble au
ver à soie et à l'abeille, condamnés par leur nature à l'im-
mobilité.

Il y a quelques milliers d'années, arrêté sur les bords
de la mer, nu, armé de sa seule pensée, l'homme contem-
plait avec une curieuse audace cette immensité qui l'atti-
rait et ce globe ardent de feu, sortant des flots le
matin pour s'y replonger le soir, après avoir décrit
sa courbe dans les cieux; cependant le ver à soie
dans son cocon et l'abeille dans sa ruche procédaient
déjà machinalement à leurs monotones travaux. Aujour-
d'hui, vainqueur de l'Océan, l'homme, en se jouant, fait
le tour de la Terre en quelques semaines et le cours
du Soleil dévoilé obéit aux calculs de l'astronomie;
tandis que le ver à soie construit encore son étroite prison en balançant sa tête d'un mouvement automatique

et que l'abeille façonne de la même cire la même cellule, en la même forme géométrique dont notre raison connaît la loi et dont son instinct ignorera toujours le secret.

Je m'arrête : vous m'accuseriez, Monsieur, de tomber dans cette philosophie littéraire que vous taxez non sans quelque dédain de rhétorique élégante et creuse, dans l'ouvrage que vous avez consacré aux opinions des *Philosophes classiques du XIX° siècle;* je m'empresse de vous y suivre.

La philosophie est votre muse. Présente ou absente, elle donne un accent personnel à toutes vos compositions. Vous parlez sa langue familièrement, en intime, mais aussi en fidèle interprète. Vous savez donner un tour aisé à ses formules les plus abstraites, et, si quelqu'un de nos auteurs dramatiques songeait à transporter sur la scène les nouvelles théories philosophiques, comme Molière le fit avec autant d'agrément que de sûreté pour les vieilles doctrines de l'ancienne école, c'est dans vos écrits qu'il en trouverait les définitions traduites dans cette prose un peu brusque, mais limpide, qui convient à la conversation des gens du monde.

S'agit-il d'apprécier le talent et de définir le rôle de chacun des maîtres chargés, avec des tempéraments divers, de présider, il y a un demi-siècle, à la direction de la philosophie française, les difficultés s'évanouissent devant vous. Ce n'est pas en parlant de vos leçons que le plus spirituel de nos prédécesseurs aurait pu dire : Quand j'étais jeune, on m'apprenait la philosophie, et déjà je commençais à n'y rien comprendre! Votre analyse, nette et précise, démêle

les points obscurs à travers les clartés de Laromiguière;
elle dissipe les nuages de Maine de Biran; elle devient
sympathique en face de Jouffroy pour se relever railleuse
au moment de juger l'éclectisme. On peut se défier de
votre point de vue, résister à vos conclusions; on n'en
rend pas moins justice à votre critique entraînante, à vos
loyales convictions.

Laromiguière manquait de profondeur; mais quel maître
séduisant! « Sa conversation, dites-vous, avait un charme
dont on ne pouvait se défendre, et ses leçons furent une
conversation. Ses gestes étaient rares, son ton doux et
mesuré, et, pendant que ses yeux s'éclairaient de la
lumière de l'intelligence, sa bouche, demi-souriante et
parfois moqueuse, ajoutait les séductions de la grâce à
l'ascendant de la vérité. Il était dans la philosophie comme
l'honnête homme dans son salon; il en faisait les honneurs
avec un bon goût et une politesse exquise. » Ce portrait,
qui n'a rien de flatté, je l'affirme, représente bien le professeur de philosophie français des temps modernes, tel
que nous aimons à le rencontrer à la Sorbonne et au
Collège de France, où la tradition ne s'en est pas perdue,
et tel que vous l'auriez réalisé vous-même, l'auditoire
d'élite qui nous entoure est prêt à l'attester, si la chaire
publique vous eût conservé.

Maine de Biran avait plus de vigueur, mais il était si té-
nébreux que l'occasion n'est pas propice pour en citer
quelques traits; on le regrette, Monsieur, car vous êtes
bien près du vrai comique, tout en restant philosophe exact,
quand vous mettez en parallèle ses longues sentences trois
fois nébuleuses et les courtes traductions aussi sincères

que lucides que vous en donnez. Humboldt, dont vous
rappeliez tout à l'heure l'agréable esquisse, et qui écrivait
en français ses ouvrages préférés, prétendait que ses com-
patriotes ont deux manières d'être clairs, — le clair et
le clair obscur; — la première, ils ne l'emploient jamais,
la seconde toujours, ajoutait-il avec sa bonhomie mali-
cieuse. Maine de Biran appartenait à cette école, et, si le
clair obscur n'eût pas existé, il l'aurait inventé.

Vous n'êtes pas séduit par l'éclectisme, et vous considérez M. Cousin comme un modèle rare, dont le style s'ap-
pliquait mieux cependant à la discussion des vérités moyennes qu'à celle des hautes spéculations métaphysiques. « Les
vérités moyennes, seules, peuvent être populaires, dites-
vous; seules, elles peuvent être traitées en beau langage;
seules, elles ouvrent une pleine carrière à l'orateur, parce
qu'avec le devoir de convaincre, elles lui imposent l'obli-
gation de toucher et de plaire. M. Cousin est un des
maîtres en ce genre, et il a écrit telle page ample et grave
qui semble du XVIIe siècle et qui n'est point une copie,
qu'on peut relire dix fois, trouver toujours plus belle et
qui donne une idée de la perfection. » Vous citez cette
merveilleuse page sur la raison naturelle, et je me garde-
rai de vous imiter. Après l'avoir lue ici, il faudrait se taire.
Mais ceux qui la connaissent, pour cette fois du moins,
ne seront pas de votre avis; car elle leur a prouvé que
M. Cousin était à la fois un grand écrivain et un métaphy-
sicien consommé.

Parmi les philosophes français, vos penchants sont
pour Condillac; mais vous abordez Royer-Collard avec
respect, comme si vous entendiez sa voix vibrante répé-

ter cette sentence, qu'il considérait comme une vérité de
tous les temps et de tous les pays : « La morale publique et privée, l'ordre des sociétés et le bonheur des
individus, sont engagés dans le débat de la vraie et de la
fausse philosophie. On ne fait pas au scepticisme sa part ;
dès qu'il a pénétré dans l'entendement, il l'envahit tout
entier. Je ne déclame pas. » Quand vous déclarez, à votre
tour, ce dont je vous remercie, que le scepticisme est usé
aujourd'hui, ne vous rangez-vous pas à l'opinion de ce
grand moraliste ?

L'atelier philosophique de l'Allemagne, vous le com-
parez à quelque haut-fourneau fumeux, dans lequel les
idées humaines abstraites, passées au feu, auraient bouil-
lonné, se seraient fondues et auraient coulé, laissant sur
le sol de l'usine des scories stériles et un métal figé.
Faible ressource pour la direction morale de notre pauvre
espèce ! L'atelier philosophique de l'Angleterre emprunte
ses matériaux aux sciences exactes, excluant tout, excepté
l'intérêt, des arguments qu'il emploie pour justifier sa
morale utilitaire. Base fragile pour le droit, pour la justice et le devoir ! Dans l'atelier philosophique de la
France, une école franchement spiritualiste, pleine de
science, de tolérance et de modération, dont l'Institut
s'honore de posséder les représentants les plus élevés,
parmi lesquels, Monsieur, vous allez prendre place, suit
avec confiance la route qui mène du fait à l'abstraction,
de la sensation à la conscience et de la loi du devoir à
la Providence : marche prudente, la seule qui convienne
à des êtres aussi peu éclairés que nous le sommes sur les
raisons premières de toutes choses.

La philosophie ne redoute pas les extrêmes; il y a long-temps qu'on le sait. Aujourd'hui, on veut faire de la pensée une simple sécrétion du cerveau, un produit chimique. Mais la chimie connaît ses limites, et ce n'est pas elle qui prétend les franchir. Autrefois, se jetant dans le mysticisme, on libérait la pensée de tout lien avec les organes qui en sont le siège. On exagérait. Aussi avez-vous analysé, sans les séparer, le rôle de l'intelligence qui gouverne et celui du corps qui sert d'instrument. Vos conclusions, résultat d'une longue investigation scientifique de la personnalité humaine au terme de laquelle apparaissent sa cause et la cause de l'Univers, diffèrent peu de celles des plus humbles créatures, trouvant sans étude au fond de leur cœur la notion de l'âme et celle de Dieu, comme des axiomes qui ne sont pas susceptibles de démonstration et qui n'en ont pas besoin. Ces modestes disciples de la foi du charbonnier, cherchant à gagner le paradis par voie perpendiculaire, pendant que les docteurs disputent, comme le disait un de nos anciens géomètres, n'ont-ils pas raison? Les deux axiomes auxquels ils se confient n'entraînent-ils pas avec eux cette notion de la liberté morale, du devoir, de la justice et de la responsabilité, qu'on n'a jamais pu faire sortir des théories fondées sur l'égoïsme? Fait pour vivre en société, l'homme, dont on se plaît à faire un animal; qu'on croit complimenter en l'appelant animal inventeur d'outils; mais que Goëthe, du moins, appelait un animal religieux, ne semble-t-il pas créé, en effet, pour avoir le sentiment du divin pris dans son sens le plus large? Si la face de nos premiers ancêtres s'est tournée vers le firmament dont ils ignoraient encore les profondeurs, comme vers une patrie perdue, les derniers de nos fils, après en avoir sondé les mystères accessibles, n'élèveront-ils pas, à leur tour, le front vers le ciel étoilé, comme vers une patrie retrouvée?

Quand des philosophes mal inspirés, assurément, considèrent le droit, la justice, la vertu, la charité, le dévouement à la patrie, comme autant de sentiments factices, nés de l'habitude de la vie en commun, de la nécessité de prévenir les discordes ou de défendre la société; vous voulez comme nous, Monsieur, écarter sans hésitation ces thèses de la jeunesse. Vous ne mettez pas le faux, le laid, le mal sur la même ligne que le vrai, le beau, le bien, et votre esprit élevé n'y voit pas seulement des expressions relatives à des conformations anatomiques du cerveau variant avec l'hérédité ou l'éducation, mais des expressions absolues, d'accord avec la raison universelle.

La philosophie m'a retenu longtemps, Monsieur, trop longtemps; mais que voulez vous? On retrouve la philosophie dans tous vos ouvrages; tantôt elle en forme la trame, tantôt elle s'y insinue doucement, tantôt elle y éclate à l'improviste par une phrase ou même par un mot qui jette sur l'ensemble une lueur inattendue; qu'il s'agisse de Tite-Live, de l'Italie et des beaux-arts, des Pyrénées, des mœurs de l'Angleterre ou de celles de Paris, de vos impressions personnelles ou de celles de M. Grain-d'Orge, la fibre philosophique vibre toujours en vous et maîtrise votre

plume. On ne sort même ni de votre doctrine des mi-
lieux, ni de vos études philosophiques, lorsqu'on aborde
votre *Histoire de la littérature anglaise,* qui a mis le sceau
à votre réputation.

Vous remontez à l'origine de la langue saxonne; vous
démêlez avec une sagacité patiente les effets de l'in-
vasion normande et le résultat du mélange des deux
idiomes; vous conduisez le lecteur jusqu'au temps présent. Vous ne vous êtes inspiré ni de Villemain dont la
phrase savante et cadencée rappelle les brillants souvenirs de ses leçons de la Sorbonne, ni de M. Nisard dont
l'exposition rapide, d'un goût si correct, laisse le lecteur
de son *Histoire de la littérature française* sous l'impression
charmante d'un commerce avec le bon sens animé par l'esprit. Passant de l'*Edda* et des premiers poèmes païens aux
premières poésies chrétiennes, et de l'intervention de l'esprit français à la renaissance de l'esprit saxon, vous re-
présentez la littérature anglaise comme un fruit naturel du
pays, de la race et du moment. Ces circonstances, si bien
caractérisées par M. Guizot, n'étaient pas toujours négli-
gées de vos prédécesseurs; mais vous avez appris à leur
accorder une attention plus sérieuse. Avez-vous laissé une
part assez large à la liberté humaine? Des réserves aux-
quelles vous n'êtes pas demeuré indifférent ont paru
nécessaires. Sous cette restriction, avec quelle satisfaction ne puise-t-on pas à la source abondante d'infor-
mations précises et de jugements sains que nous offre
votre *Histoire de la littérature anglaise!* Vous pénétrez d'un
tact sûr le génie propre de tout écrivain : poète, auteur
dramatique, philosophe, historien, économiste ou roman-

cier, parlant de chacun d'eux la langue usuelle, élevée ou
technique, en véritable initié.

La doctrine qui rattache l'homme physique à son
œuvre intellectuelle vous conduit quelquefois à des con-
séquences dont il ne faudrait pas qu'on pût s'autoriser;
car il y a là, Monsieur, tout un système de critique et
même d'histoire trop favorable à l'improvisation moderne. Parmi les écrivains célèbres de l'Angleterre, il
en est un, Pope, s'inspirant de notre propre littérature et luttant même avec la clarté française, qu'on eût
aimé à voir apprécié plus favorablement par un lettré
de notre pays. Vous apprenez à vos lecteurs que Pope
était petit, chauve, contrefait, bossu : véritable avorton
qu'on sortait du lit le matin comme un poupon, dont les
jambes grêles exigeaient trois paires de bas pour prendre
forme humaine et dont le corps avait besoin d'un corset
pour se soutenir. Vous ajoutez qu'il mangeait trop, qu'il
avait tous les appétits et tous les caprices d'un vieil enfant,
d'un vieux malade, d'un vieil auteur et d'un vieux garçon.
Triste portrait, démontrant, en tous cas, que l'esprit do-
mine même la plus ingrate matière; portrait exagéré sans
doute par la malice des contemporains et qu'on se plaît à
mettre en oubli, en songeant qu'à seize ans Pope livrait
au public ses *Pastorales,* poésies d'une perfection achevée,
et qu'il terminait une carrière bien remplie par son *Essai
sur l'homme,* où il le caractérise en beaux vers, comme
étant la gloire, le jouet et l'énigme du monde.

Pope était classique, à la manière de Boileau, mais il
n'était pas l'ennemi du réalisme; seulement, il conseillait de
choisir parmi les réalités. Lisez et relisez Homère, disait-

il; il y eut un moment où Virgile jeune, méditant une
œuvre plus immortelle que Rome elle-même, dédaignait
de puiser ailleurs qu'à la source directe de la nature;
mais, tout bien examiné, il se trouva que la nature et Homère ce n'était qu'un. Les imitateurs d'Homère ont pu
tomber dans la platitude; mais les fanatiques de l'école
naturaliste, renversant les termes et mettant le côté physique au-dessus du côté moral, ne prétendront-ils pas
que, pour apprécier l'œuvre d'un homme, il faut entrer
dans sa biographie intime, savoir s'il est né sur un sol
calcaire ou granitique, s'informer si ses ancêtres et lui-
même ont bu du vin, du cidre ou de la bière, mangé
de la viande, du poisson ou des légumes, et fouiller jusqu'aux plus tristes détails les secrets de sa vie, passant
ainsi d'une critique élevée et d'un système scientifique
à une littérature facile, à une basse curiosité?

Comment! voilà une œuvre admirable! et, à côté de
l'idéal vers lequel elle nous transporte, il faudra toujours
placer le souvenir des misères matérielles ou des vulgaires
faiblesses de son auteur? Le pain qu'on sert sur nos
tables en deviendrait-il donc plus savoureux, si on nous
répétait à chaque bouchée : Vous savez? le blé dont il
provient a poussé sur le fumier! On aime à manger son
pain sans s'inquiéter de la source à laquelle les racines
du blé empruntent leurs sucs; la lumière du soleil en
dorant ses épis n'a-t-elle pas tout purifié par l'éclat de
ses rayons? On aime à jouir des œuvres de la poésie, de
l'éloquence et de l'art, sans s'inquiéter de l'enveloppe
matérielle d'où elles émanent. Si le Nil, que nul autrefois
n'avait vu faible et naissant, découvre enfin aux yeux du

géographe ses sources, marécageuses peut-être je le veux bien, n'appelons pas le mépris sur le Nil et permettons qu'il garde, aux yeux du poète, la majesté de ce grand et divin fleuve qui, depuis l'origine des siècles, répand chaque année sur les plaines de l'Égypte la vie et la fertilité !

Le médecin ou le naturaliste peuvent rappeler à l'homme physique que ses nerfs sont des instruments de douleur et que son corps n'est que poussière, ils en ont le droit ; mais la philosophie et l'éloquence doivent jeter leur voile de pourpre et d'or sur les aspects inférieurs de la vie ; elles qui ont pour mission de fortifier le cœur de l'homme moral et d'élever son âme vers l'immortalité !

N'est-ce pas à ce point de vue que vous nous présentez avec grâce et finesse Tennyson, le plus grand poète de son temps, sinon de son pays, aux yeux de ses admirateurs qui, l'ayant placé au-dessus de Byron, n'avaient pas craint de le rapprocher de Shakespeare ? « Sans être pédant, dites-vous, il parle de Dieu et de l'âme noblement, tendrement ; il n'est point révolté contre la société ni la vie ; on aime ses petites scènes rurales et ses riches peintures de paysage. Les dames sont charmées de ses portraits de femme ; ils sont si exquis et si purs ! Il a posé sur ces belles joues des rougeurs si délicates ! Il a si bien peint l'expression changeante de ces yeux fiers et candides ! Elles l'aiment, car elles sentent qu'il les aime. Bien plus, il les honore et monte par sa noblesse jusqu'au niveau de leur pureté. » On ne saurait mieux dire !

Tennyson, grâce à la beauté sereine de sa pensée, demeurera longtemps en Angleterre le poète du foyer domestique. Rien ne vieillit plus vite, au contraire, que ces œuvres désordonnées ou violentes, que le bon sens général répudie avec tristesse ou repousse avec dégoût.

Se souviendrait-on aujourd'hui, si vous ne les rappeliez, des satires poétiques de l'auteur de *Gulliver*? Il avait subi la pauvreté et traversé la domesticité comme Rousseau. Comme lui, il en était sorti rongé par l'envie et gonflé par l'orgueil. Mais Rousseau accordait du moins à l'homme sauvage toutes les vertus; la civilisation l'avait corrompu! Swift considère l'homme comme un être méchant par nature et devenu pire par la culture sociale. Dans ses vers sinistres, où plus d'un de nos contemporains semble avoir trouvé des modèles, le beau se change en laid, la grandeur en petitesse, les nobles sentiments en vilaines spéculations. Dévoré de la frénésie de la destruction, au lieu de cacher le réel abject, il le dévoile; au lieu de créer des illusions, il s'efforce de les dissiper toutes. Veut-il peindre l'aurore, il ne se place ni dans les plaines de l'Angleterre couvertes de blés ondoyants ou de vertes prairies, ni au milieu des montagnes et des lacs de l'Écosse dont les sommets se colorent ou dont les vapeurs s'élèvent aux premiers feux du soleil naissant, ni parmi ces îles enchantées de la Grèce sur lesquelles la déesse aux doigts de rose verse ses pleurs et fait éclore les fleurs odorantes. Non! c'est l'aurore à Londres, telle qu'on peut l'admirer à Paris en sortant d'un bal trop prolongé. Vous rappelez les vers irritants où il montre les balayeurs dans les rues, les recors aux aguets, le mouvement et les cris de la halle. S'il pleut, n'a-t-il pas à nous offrir, en outre, le spectacle des ruisseaux débordés, des chats morts, des feuilles de chou, des poissons pourris roulant pêle-mêle dans la fange? C'est la poésie traînée non seulement dans la boue, mais dans l'ordure. Il s'y roule, dites-vous, et il en éclabousse les passants. Vous voilà bien loin d'Homère et bien près de nous, hélas! Ce naturalisme furieux, qui ne demande pas au fossoyeur le secret de la vie, comme Hamlet, mais qui le cherche dans l'égout; cet accent funèbre, où la haine de Swift contre toute noble vérité et contre toute beauté déborde en écume enfiellée, ne fit pas sa fortune et le conduisit à la démence; c'est là son excuse pour avoir écrit, il y a plus d'un siècle, des poésies qu'on croirait nées d'hier et sur lesquelles, malgré le génie de l'auteur, le temps, dans sa justice, a pour toujours jeté le manteau de l'oubli, que l'érudition seule écarte quelquefois et non sans répugnance.

L'influence du milieu, de la race et du moment dans l'origine ou le développement de la Révolution française, avait-elle été suffisamment appréciée? Vous en avez douté Monsieur, et vous vous êtes décidé à recommencer son histoire.

On a beaucoup écrit sur ce grand évènement, et les modèles ne vous manquaient pas. M. Thiers, dans un ouvrage patriotique consacré à sa défense, avait exposé de la manière la plus vive et la plus entraînante les évènements de cette époque troublée; il avait peint en traits saisissants les hommes de tous les partis qui s'y étaient mêlés; commençant l'éducation pratique de la France moderne, il avait répandu sur les questions obscures de propriété, de finance, de législation, d'administration intérieure et de politique étrangère, les clartés d'un esprit capable de tout comprendre et celles d'un style propre, dans sa simplicité pénétrante, à faire briller le vrai de tout son éclat. Notre illustre doyen, M. Mignet, à son tour, dans son résumé rapide, envisageant les mêmes évènements d'une manière plus philosophique et plus abstraite, condensant les faits et mettant les principes en pleine lumière, devenait aux yeux de l'Europe le défenseur légitime des doctrines que la Révolution avait fait prévaloir.

Vous n'avez pas voulu vous montrer, comme M. Thiers, peintre un peu indulgent des fautes, admirateur un peu partial du succès; vous n'avez pas cherché, comme M. Mignet, à exposer en théoricien la formule profonde à laquelle la France semble obéir depuis un siècle.

Sans parti pris, vous avez reproduit une photographie sincère de l'état de notre pays avant et pendant la Révolution. Les archives nationales, compulsées avec passion, ont mis sous vos yeux une multitude de documents propres à retracer, dans leur triste réalité, les incohérences, les faiblesses et les vices des classes dirigeantes préparant la chute de l'ancien régime; les passions, les aveuglements, les fureurs populaires s'élevant aux derniers excès pendant la période révolutionnaire. La photographie embellit rarement ses modèles. Vus à la loupe, l'ancien régime succombant à ses fautes et la Révolution s'égorgeant de ses propres mains n'offrent ni l'un ni l'autre un spectacle qu'on aime à contempler. Après vous avoir lu, on détourne les yeux de ce douloureux passé, en demandant au bon sens et à la fortune de la France les gages d'un avenir plus sûr, fondé sur l'union des cœurs et sur l'amour désintéressé du pays.

Combien de tels sentiments seraient prompts à se répandre si tous ceux qui ont charge d'intérêts ou d'âmes employaient leur autorité avec l'impartialité dont vous donnez l'exemple ! Vous vous montrez sévère envers les défaillances du trône, de la noblesse et du clergé pendant le XVIIIe siècle ; mais vous n'en proclamez pas moins que si nos ancêtres ont sauvé la civilisation, au moment de la chute de l'empire romain, préservé nos provinces de la barbarie après la mort de Charlemagne et constitué peu à peu une France compacte, devançant toutes les nations par la sûreté de son administration, la grandeur de ses armes, l'éclat de son génie littéraire et la politesse de ses mœurs, c'est vers le clergé, la noblesse féodale et la royauté qu'il faut faire remonter la reconnaissance du pays. De même que si nous jouissons aujourd'hui du régime définitif de l'égalité civile et politique, c'est au Tiers-État qu'il faut en reporter l'honneur.

Vous signalez les bienfaits sans réticence ; vous cherchez dans les conditions inhérentes à la nature humaine l'excuse des fautes. Renouant la tradition, vous considérez l'état de la France actuelle non comme le produit d'une génération spontanée, mais comme le résultat d'un travail lent d'évolution qui s'accomplit depuis quinze siècles, où chacune des catégories de la nation, jouant à son tour un rôle nécessaire, s'est acquis des droits au respect par l'emploi patriotique de ses forces et, pour en avoir abusé dans une pensée égoïste, s'est fait un devoir de l'indulgence et de la résignation.

Tout en faisant leur part aux dogmes politiques de Rousseau, vous accusez la fausse philosophie qui avait séduit de son temps la noblesse, la magistrature, la finance et la bourgeoisie, d'avoir produit, devenant pratique, la révolte sociale des campagnes. Vous essayez même, préludant peut-être aux conclusions d'un ouvrage encore inachevé, de caractériser d'une manière nouvelle le rôle de la science dans ce grand cataclysme de toute autorité et de toute croyance où seul demeura debout cet ardent et noble patriotisme par lequel la France fut sauvée.

Vous avez raison. Les droits de l'homme, ses devoirs envers lui-même, envers la famille ou l'État, dérivent directement de la théorie de la création. Il y a toujours un créateur, qu'il s'appelle hasard ou sagesse; mais celui qui attribue tout au hasard ne reconnaît de droits que pour la force, de devoirs que pour la faiblesse; tandis que l'existence d'un plan suppose une justice éternelle que le faible peut invoquer et que le puissant doit craindre. C'est ainsi que M. Thiers, après avoir approfondi l'histoire des peuples et manié tous les ressorts par lesquels on conduit les hommes, se décidait à la fin de sa longue carrière à venir dans nos laboratoires, demandant à l'étude de la nature, à la théorie du globe, à celle de la vie, aux infiniment petits du microscope, aux infiniment grands de l'astronomie, en un mot à la conception de l'univers, une solution que l'étude de la civilisation et celle de la politique lui avaient refusée. Ceux qui ne voyaient dans les nouveaux travaux de l'homme d'État, que l'innocente distraction d'un esprit fatigué des luttes

de la vie publique se trompaient. M. Thiers interrogeait
la science humaine en philosophe spiritualiste, comme
M. Guizot s'était incliné en philosophe chrétien devant
la révélation divine. Ils savaient l'un et l'autre que les
grandes crises de l'histoire s'appuient non sur les succès
de la force, mais sur la conquête des âmes, et se ratta
chent toujours à des changements de plan dans la ma
nière dont l'humanité envisage l'origine du monde et sa
propre origine.

Le rôle de la philosophie de la nature dans les évènements du siècle dernier a été considérable. Les écoles
grecques croyaient déjà connaître la raison des choses;
les poètes romains se regardaient, à leur tour, comme les
interprètes de la création; Diderot et ses émules s'annon-
çaient aussi, en possesseurs de l'univers. Les découvertes
dont les sciences se sont enrichies dans le cours de notre
âge démontrent, cependant, qu'il n'appartient qu'à l'igno-
rance de considérer le livre de la sagesse comme nous
ayant été révélé tout entier. La source de la vie et son es-
sence nous demeurent inconnues. Nous n'avons pas saisi le
lien mystérieux qui, joignant le corps à l'esprit, constitue
l'unité de la personne humaine. Nous n'avons pas le droit
de traiter l'homme comme un être abstrait, de dédaigner
son histoire et d'attribuer à la science des prétentions à la
direction de l'axe moral du monde, que ses progrès n'au-
torisent pas.

Nous avons conquis la terre, il est vrai, mesuré la
marche des planètes, soumis la mécanique céleste au
calcul, constaté la nature des étoiles, percé la brume
des nébuleuses et réglé même le mouvement désor-

donné des comètes; mais, par-delà les astres dont la lumière emploie des siècles à nous parvenir, il est encore des astres dont les rayons s'éteignent en chemin, et plus loin, toujours plus loin, sans cesse et sans terme, brillent dans des firmaments que le nôtre ne soupçonne pas des soleils que ne rencontreront pas nos regards, des mondes innombrables à jamais fermés pour nous. Après deux mille ans d'efforts, si nous atteignons enfin l'extrémité lointaine de notre univers, qui n'est qu'un point dans l'espace immense, nous sommes arrêtés, muets et pleins d'épouvante, au seuil de l'infini dont nous ne savons rien.

La nature de l'homme, son existence présente et future, sont des mystères impénétrables aux plus grands génies, comme au reste des humains, écrivait d'Alembert au plus haut de sa renommée ; ce que nous savons est peu de chose, disait Laplace mourant, et ce fut la dernière parole de l'illustre rival de Newton. Ne vous étonnez pas, Monsieur, que ce soit la mienne sur ces graves sujets, et que je vous laisse le soin d'en préciser, vous-même, les rapports avec l'état social et politique du pays; ce sera le couronnement d'un ouvrage auquel s'attache une faveur que vos succès précédents avaient annoncée.

Après avoir félicité l'Académie, que vous venez fortifier par votre présence, et vous, Monsieur, qui, prenant place parmi vos pairs, allez vous trouver au milieu de confrères, séparés quelquefois par les opinions ou les souvenirs, toujours d'accord pour la défense du goût et le respect des talents, je vous remercie en leur nom des nobles paroles

que vous avez consacrées à la vie de l'historien conscien-
cieux auquel vous êtes appelé à succéder.

En parlant de votre prédécesseur, notre digne et regretté
confrère, M. de Loménie, vous ne sortiez pas du sujet qui
vous occupe tout entier en ce moment, l'histoire de la Révolution française. *Beaumarchais et son temps*, et *les Mirabeau*, ont pour toujours uni sa mémoire à celle de ces deux
personnages extraordinaires, dont l'un, abusant de son
esprit, préludait à la transformation politique de notre
pays, et dont l'autre, malgré son génie, fut impuissant à
la retenir sur la pente où il l'avait lancée.

Les petits écrits d'*Un Homme de Rien*, d'une touche si
loyale et si juste, montrant combien M. de Loménie aimait
à s'arrêter sur des modèles qu'il lui était permis de louer
et d'admirer même, n'avaient pas préparé à le voir choisir
comme œuvres capitales de sa vie la biographie de ces
deux héros ; car Beaumarchais ne brillait guère par le sens
moral, et la mémoire de Mirabeau pâlit devant la juste
réprobation attachée à la corruption. Mais, sous une ap-
parence réservée, M. de Loménie cachait les impressions
très vives d'une âme d'artiste, et leur influence brisait
quelquefois les entraves volontaires qu'il s'était impo-
sées par ses habitudes d'érudit. Dans ces deux dernières
occasions, l'originalité des caractères, l'imprévu des incidents, le choc des intérêts, la véhémence des passions, la
largeur des cadres, l'avaient entraîné.

M. de Loménie s'était identifié avec ses deux héros :
troublé de leurs fautes, chagrin de leurs désordres, remué
par les grands intérêts qui s'agitaient autour d'eux, il voulait tout voir, tout connaître, reconstituer leur vie avec

tous ses incidents et les amener à une confession com-
plète, en se plaçant sincèrement dans la perspective de
l'époque et du milieu.

· Combien il vous était facile de louer votre sympathique
prédécesseur ! N'avait-il pas préparé aux historiens futurs
ces monographies étudiées que vous considérez comme
les types sur lesquels on doit s'appuyer pour embrasser,
en les généralisant, une époque ou un pays ? Dans son
respect pour la vérité, poussant jusqu'à l'excès le scrupule
littéraire, M. de Loménie, prévenant vos désirs, n'avait
rien écrit qui n'eût été l'objet d'une longue méditation.
Choisissant attentivement son point de vue, attendant
que son esprit fût préparé à traiter son sujet, n'im-
provisant jamais, il se souciait peu de la forme, ·certain
que l'on énonce toujours clairement ce qu'on a bien
conçu et qu'un style qui n'est chargé de rien déguiser n'a
qu'à se laisser porter par la pensée. C'est ainsi que, vivant
réellement par l'imagination vers la fin du dix-huitième
siècle, au milieu d'un monde dont il s'était assimilé les
mœurs, les habitudes d'esprit, les passions, les intérêts
et les vues politiques, il a pu juger en contemporain
Beaumarchais et Mirabeau, tout en mettant à profit des
documents que leur époque ignorait et que la nôtre possède. Il a peint ses modèles avec les couleurs de leur
temps éclairées par les lumières du nôtre.

M. de Loménie laisse au milieu de nous le souvenir le
plus affectueux ; attentif à toutes les discussions, il les
terminait souvent par le mot juste, sans prétention toute-
fois et avec le sentiment de réserve qu'inspirent l'habitude
de la réflexion et la recherche patiente de la vérité. Sa

physionomie calme et modeste, reflet sincère d'une âme
droite et d'un cœur pur, traduisait bien ses longs et fidèles
dévouements aux plus illustres amitiés; elle ne laissait
deviner ni ses convictions politiques inflexibles, ni le courage héréditaire du soldat, dont il donna tant de preuves
lorsque, mêlé aux élèves de l'École Polytechnique, il com-
battait avec eux pendant le siège de Paris; ne les quittant
que pour monter dans sa chaire au Collège de France.
Mais, dans les derniers temps de son séjour au milieu de
nous, l'observateur le moins attentif reconnaissait dans
son attitude recueillie cet état de l'âme d'un homme qui
sent la vie lui échapper et qui, en règle avec les intérêts
du présent et de l'avenir, attend l'évènement avec confiance pour lui-même, s'occupant tout entier à consoler
les douleurs qu'une inévitable séparation allait faire écla-
ter au milieu des siens.

Il fallait tout quitter : une situation affermie enfin après
un long stage supporté sans impatience et subi sans mur-
mure; une famille chère aux lettres françaises que deux
Académies réclament; des fils, fiers du double héritage
d'honneur accumulé sur leurs jeunes têtes, dont les succès
l'eussent rempli de joie; une compagne accoutumée au
respect des œuvres de l'esprit, l'honneur et le charme de
son foyer; il fallait tout quitter, et M. de Loménie, épuisé
par de longs travaux, dont le cœur paternel avait déjà subi
une de ces douleurs que le temps n'adoucit pas, se tint
prêt à rejoindre l'enfant qu'il avait perdu.

Élevé dans les sentiments religieux naturels à ses ancêtres qui, pendant plusieurs siècles, avaient fourni des prê-
tres à l'Église, et s'y montrant fidèle, il a vu venir sa

dernière heure, sans trouble, avec le calme du chrétien, sûr qu'un monde meilleur réunirait autour de lui tout ce qu'il avait aimé sur cette terre, laissant cette espérance avec le souvenir de ses vertus et de ses œuvres pour suprême consolation, à ceux dont le séparait cette fin cruelle et prématurée, grande tristesse pour l'Académie et grand deuil pour les siens.

En nous séparant de M. de Loménie, répétons les paroles dont un de nos plus éminents confrères saluait si dignement son entrée à l'Académie : « Il avait touché à toutes les grandes figures de son temps ; il n'en avait insulté aucune ! Il s'était assis à tous les foyers célèbres de l'époque ; il n'avait laissé nulle part la trace d'une perfidie ou d'une trahison ! Il n'avait cherché la popularité ni dans le scandale, ni dans l'agression, ni dans le commérage ! Fin avec bonhomie, spirituel sans méchanceté, juste et vrai avec courtoisie, pas un de ses modèles qui ne fût prêt à lui tendre la main et qu'il n'eût le droit de regarder en face ! »

A force de probité, M. de Loménie avait élevé l'art du biographe à la hauteur d'une magistrature ; puisse-t-il. pour l'honneur des lettres françaises, faire école et rencontrer beaucoup d'imitateurs !

Paris. — Typographie de Firmin-Didot et Cie, impr. de l'Institut, rue Jacob, 56. -- 8994.